落叶有声

冯旭荣 著

陕西新华出版传媒集团
太白文艺出版社

图书在版编目（CIP）数据

落叶有声 / 冯旭荣著. -- 西安：太白文艺出版社，2020.7（2022.1重印）
ISBN 978-7-5513-1806-8

Ⅰ.①落… Ⅱ.①冯… Ⅲ.①诗集－中国－当代 Ⅳ.①I227

中国版本图书馆CIP数据核字(2020)第107217号

落叶有声
LUOYE YOU SHENG

作　　者	冯旭荣
责任编辑	张婧晗
整体设计	为　诺
出版发行	陕西新华出版传媒集团 太白文艺出版社
经　　销	新华书店
印　　刷	三河市华东印刷有限公司
开　　本	787mm×1092mm　1/16
字　　数	160千字
印　　张	13.75
版　　次	2020年7月第1版
印　　次	2022年1月第3次印刷
书　　号	ISBN 978-7-5513-1806-8
定　　价	48.60元

版权所有　翻印必究
如有印装质量问题，可寄出版社印制部调换
联系电话：029-81206800
出版社地址：西安市曲江新区登高路1388号（邮编：710061）
营销中心电话：029-87277748　029-87217872

序

陕西省渭南市作家协会主席　李康美

  巍峨壮丽的华山，吸引着天下的游客。华山脚下的文学赤子们，也把华山看作他们的精神高地。冯旭荣先生生于斯长于斯，应该是纯粹的华山人。他生命的长河，已经和华山密不可分。他看惯了华山的春夏秋冬，看惯了华山的烟火重生，长此以往，他也会把大自然的岁月变迁，漫山遍野的兴衰荣枯，化作属于他自己的文学审美。《落叶有声》这一本诗集，首先也是对华山深情的馈赠。

  冯旭荣和我有着多年的交情。在我的印象中，冯旭荣性格温和，心胸清澈，做人正直。每当一群朋友坐在一起，他就会始终保持着倾听的姿态，脸上也始终保持着真诚的笑容。一旦开始讲话，他也是理性大于激情，绝不会居高临下，更不会盛气凌人，因此就获得了众多朋友的信赖。天地广博，大道至简——我想这正是诗人们对于创作之旅的概括。胸无广博的天地、开阔的视野，就会缺失诗意的格局；而在文学领域中，诗词创作又是最简洁的形式，这就必须具有语言的张力和思想的厚度。冯旭荣的人生经历很丰富，又生活在得天独厚的地理环境中，何况他在十五年前就出版了第一本诗集，这就如同人生走过了童年期、成长期，渐渐地走向强壮和成熟。阅读《落叶有声》这本诗集，我也有同样的感觉，作为诗人，这已经是一部成熟的作品。甚至在关中东府诗坛，冯旭荣也拥有了自己的视界，形成了自己的诗歌特色。

在20世纪七八十年代，受西方思潮影响，中国文学出现了朦胧诗、先锋文学等现代主义潮流，出现了"愤怒的诗人""抑郁的诗人"，一时间，众多的文学青年日日逐新。先锋文学作家的作品大都偏向创造新的形式和风格，自我意识十分强烈，挑战传统教学和信念，嘲讽社会的弊端，揭示社会的问题。紧接着，在那种"城头变幻大王旗"的纷乱中，口语化写作又大行其道，与朦胧抽象的东西反其道而行之。

诗歌的创作也经历着发展与变化，但陶渊明构建的精神之乡桃花源，依旧是文学作品中的经典；王维构建的辋川世界，曾经让多少人陶醉其中。如今，尽管历经变迁，这些"呼唤回归田园，重建精神之乡"的诗歌依然有着巨大的影响力。

冯旭荣这本诗集，大多数作品可以概括为田园诗，起码可以说是乡土叙事和民间叙事诗。他把文学的根基牢牢地扎在《家门口的老槐树》；他用全身心丈量着故乡《春风的厚度》；他和每一个父老乡亲一样，享受着《麦田里的阳光》和《正午的月亮》，从而就有了《收获季节》。这是冯旭荣人生的收获，也是冯旭荣文学的收获。通过冯旭荣编辑在诗集中的"乡风地韵"这一组诗，我们大体可以得出这样的印象：冯旭荣创作的心态已经发生质的变化，文字饱满而有力，诗意婉约而飞扬。"春风轻盈如羽／振翅的舞台／风总能从云中抽出音符／缕缕雨丝／指挥花草的合唱……"这本诗集中，如此的句子比比皆是，我觉得读者也会印象深刻。"风总能从云中抽出音符"——抽出什么音符呢？这就是联想，这就是意境，这就是让作品走向悠远、走向深刻了。云中的音符行程万里，并且在风的驱动下，和整个世界相连接。家乡的其音其形，发生在这块土地上的酸甜苦辣、喜怒哀乐，也就有了广阔的味道，也就有了反省和反思的意味。而"缕缕雨丝／指挥花草的合唱"又是一种别致的叙说，体现了诗人天人合一的理念和乐观主义精神。冯旭荣用细腻的笔触抒写着家乡的"风物志"，抒写着时代变迁、兴废沉浮。这些鲜活生动的句子，使其对家乡的情感更加丰厚。

除了"风物志"，《落叶有声》的许多篇幅还是在写"人"。冯旭荣写"人"也不是专门为人物立传，也不是把人物的故事写成叙事诗，他仍然借助诗歌的本质，大道至简地刻画着"人"的精神世界和精神力量。比如他在《华山挑夫》中写道："一身肝胆／筑起山的巍峨／一根扁担／丈量心的广阔……"这样的句子，让我不禁想起"山高人为峰"的哲理，想起华山挑夫的坚毅和艰辛，想起他们连年累月的脚步，也足以筑起精神的高峰，也同样是对生命的超越！另外冯旭荣又在《手拉犁的女人》中写道："本该属于男人的劳作／让女人拉出一种沉重／远方工地上同样有一双手／操持着相同的感觉……"尽管我不知道农村目前还有没有如此原始状态的劳动，或者这是冯旭荣早前的作品，但是我相信这仍然是没有终止的一种生活和生存状态，女人坚守故乡，男人外出打工，冯旭荣抒写的此情此景，也应该是呼唤人的尊严，也应该是对人们生存状态的关注和痛心。

当然，作为一个诗人，冯旭荣的视野和诗情也不仅仅停留在家乡的土地上，他匆匆离去又匆匆归来后，对家乡又有了新的认识、新的感觉。外部的世界让他又站在新的高度，观察着祖国的沧桑巨变，他对儿时的记忆更加清晰，所以才有了"滞涩的水，静止的风／都在酝酿发酵的机会"；所以才有了"农人的作品／成熟在一块块麦田中／漫山遍野跌宕起伏／风中摇曳的姿态"。随着农耕文明渐渐退出历史舞台，机械化也快速地代替了繁重的劳动，冯旭荣那些往昔的诗篇，既表现出一种急切，又内含着一种忧患，但是说到底都是对家乡的期待和希望！诗人的梦想久远绵长！

最后我想说，自从冯旭荣十五年前推出自己第一本诗集，至今已是年久的相隔，所以这本诗集可能是他多年笔耕不辍的积累，这就难免在诗质诗意上有着参差不齐的现象，文笔也有岁月留下缺陷的痕迹。观念更新是走向升华的前提，因此他还必须提高文学创作的现代意识和现代观念。如今华山已经有两条索道，但我希望冯旭荣在创作的道路上，还是要记着"自古华山一条路"，因为只有经历艰难的探索和不断的攀登，才能体会无限风光在险峰！

2019年10月30日于惠园居

目 录

乡风地韵

家门口的老槐树 ………………………………………… 3
柳讯 ………………………………………………………… 5
春风的厚度 ……………………………………………… 6
春的翅膀 ………………………………………………… 8
张扬的日子 ……………………………………………… 9
夏天的火苗正在破茧化蝶 …………………………… 11
油菜花 …………………………………………………… 13
布谷鸟叫声在六月响起 ……………………………… 15
蝉歌 ……………………………………………………… 17
绿叶里的夏天 ………………………………………… 19
收获季节 ………………………………………………… 20
麦田里的阳光 ………………………………………… 22
手拉犁的女人 ………………………………………… 24
星光 ……………………………………………………… 26
银杏叶 …………………………………………………… 28
月盘中秋藏着满天星斗 ……………………………… 30
老腔 ……………………………………………………… 32
皮影戏 …………………………………………………… 34
红叶 ……………………………………………………… 36
秋千 ……………………………………………………… 38
正午的月亮 …………………………………………… 40

舞者……………………………………………………41
席子……………………………………………………43
藏不住的冬韵…………………………………………45
雾凇……………………………………………………47

寄情山水

华山挑夫………………………………………………51
壶口瀑布………………………………………………53
华山的翅膀……………………………………………55
花映河山………………………………………………57
黄河铁牛………………………………………………59
九寨海子………………………………………………61
兰州印象………………………………………………63
水车……………………………………………………65
游花果山………………………………………………66
走进丰图义仓…………………………………………67
秦疆云天………………………………………………69
沙漠魂…………………………………………………71
走不出的芦苇荡………………………………………73
野菜的味道……………………………………………75
一只鸟儿在飞翔………………………………………77
母亲，我陪你旅游……………………………………79
山水写出的诗行………………………………………81
踏青……………………………………………………83
塔坪秋色………………………………………………84
山桃花为谁盛开………………………………………86
太平峪打核桃…………………………………………88
太华日出………………………………………………90

岁月留痕

去年的叶子……………………………………………95

土坯房⋯⋯⋯⋯⋯⋯⋯⋯⋯⋯⋯⋯⋯⋯⋯⋯⋯⋯⋯96
无花果⋯⋯⋯⋯⋯⋯⋯⋯⋯⋯⋯⋯⋯⋯⋯⋯⋯⋯⋯98
芽⋯⋯⋯⋯⋯⋯⋯⋯⋯⋯⋯⋯⋯⋯⋯⋯⋯⋯⋯⋯100
岁月的界碑⋯⋯⋯⋯⋯⋯⋯⋯⋯⋯⋯⋯⋯⋯⋯⋯101
母亲纳的布鞋⋯⋯⋯⋯⋯⋯⋯⋯⋯⋯⋯⋯⋯⋯⋯102
一张糊墙的报纸⋯⋯⋯⋯⋯⋯⋯⋯⋯⋯⋯⋯⋯⋯104
捶布石⋯⋯⋯⋯⋯⋯⋯⋯⋯⋯⋯⋯⋯⋯⋯⋯⋯⋯106
野燕麦⋯⋯⋯⋯⋯⋯⋯⋯⋯⋯⋯⋯⋯⋯⋯⋯⋯⋯108
野菊花⋯⋯⋯⋯⋯⋯⋯⋯⋯⋯⋯⋯⋯⋯⋯⋯⋯⋯109
七夕，星夜无眠⋯⋯⋯⋯⋯⋯⋯⋯⋯⋯⋯⋯⋯⋯110
醉月⋯⋯⋯⋯⋯⋯⋯⋯⋯⋯⋯⋯⋯⋯⋯⋯⋯⋯⋯113
灯花⋯⋯⋯⋯⋯⋯⋯⋯⋯⋯⋯⋯⋯⋯⋯⋯⋯⋯⋯115
灯罩⋯⋯⋯⋯⋯⋯⋯⋯⋯⋯⋯⋯⋯⋯⋯⋯⋯⋯⋯116
点亮目光⋯⋯⋯⋯⋯⋯⋯⋯⋯⋯⋯⋯⋯⋯⋯⋯⋯118
撂跤石⋯⋯⋯⋯⋯⋯⋯⋯⋯⋯⋯⋯⋯⋯⋯⋯⋯⋯120
捻⋯⋯⋯⋯⋯⋯⋯⋯⋯⋯⋯⋯⋯⋯⋯⋯⋯⋯⋯⋯122
轨迹⋯⋯⋯⋯⋯⋯⋯⋯⋯⋯⋯⋯⋯⋯⋯⋯⋯⋯⋯123
丢失的笔帽⋯⋯⋯⋯⋯⋯⋯⋯⋯⋯⋯⋯⋯⋯⋯⋯125
两张书签⋯⋯⋯⋯⋯⋯⋯⋯⋯⋯⋯⋯⋯⋯⋯⋯⋯127
一把扫帚唤醒城市的睡梦⋯⋯⋯⋯⋯⋯⋯⋯⋯⋯129
拉出一个活套⋯⋯⋯⋯⋯⋯⋯⋯⋯⋯⋯⋯⋯⋯⋯131
胡基⋯⋯⋯⋯⋯⋯⋯⋯⋯⋯⋯⋯⋯⋯⋯⋯⋯⋯⋯133
萌动的想法⋯⋯⋯⋯⋯⋯⋯⋯⋯⋯⋯⋯⋯⋯⋯⋯135
落叶的距离⋯⋯⋯⋯⋯⋯⋯⋯⋯⋯⋯⋯⋯⋯⋯⋯136
怀念一只猫⋯⋯⋯⋯⋯⋯⋯⋯⋯⋯⋯⋯⋯⋯⋯⋯138

心灵守望

父亲的馒头⋯⋯⋯⋯⋯⋯⋯⋯⋯⋯⋯⋯⋯⋯⋯⋯145
高空的你⋯⋯⋯⋯⋯⋯⋯⋯⋯⋯⋯⋯⋯⋯⋯⋯⋯147
空巢枝头⋯⋯⋯⋯⋯⋯⋯⋯⋯⋯⋯⋯⋯⋯⋯⋯⋯149
城里的庄稼⋯⋯⋯⋯⋯⋯⋯⋯⋯⋯⋯⋯⋯⋯⋯⋯151

11·11···153
不仅仅喂饱肚子·····································154
垂钓···155
高脚杯与小酒盅···································157
沉默的塔吊··159
正在干涸的池塘···································160
一把生锈的锁······································162
衣服上镶满多色眼睛····························164
手指把心弹得很远································166
山在江湖　你在云端····························168
国殇···170
你的皱纹··174
写生老人··176
心中的莲花··178
雾霾···180
被影子吓哭的小女孩····························182
河堤上的蚂蚁······································184
坎··186
演员和观众··187
一对寒鸦栖息在女贞树上·····················189
酩酊的样子··191
旋转地球··193
狗尾草··195
人生的鞭子··197

附　录

对世界的感知与时代的倾情抒写（王琪）··········201
诗性的发掘和传达的精致（官华）··············204

后记···207

乡风地韵

家门口的老槐树

那棵老槐树
竖成一面旗帜
猎猎地
遥指家的方向

春天
蜂蝶羽翅绘出粉彩
满巷馥郁
遮挡五颜六色的花期

阳光梳理枝叶
编成夏日的辫子
疏朗婆娑
在蒲扇中摇曳
斑斑驳驳
就像遗落的闲碎故事

打开门扉的时候
鸟鸣正好从树上跌落
装满一院喧闹

鸡犬踏起舞步
欢迎主人

同夜的雪
在枝桠间冬眠
蠢蠢的
如同长长的句子
转不过弯

只在鞭炮声里
才见一方红纸
贴成腮上的酡颜
此时槐树正好微醺

柳讯

被古人试过的剪刀
在河堤　路边
裁出一些信笺
遥寄飘逸
感念婆娑

伊人手指
可曾浸染风韵
不然
怎能有一种身姿
悄然传递婀娜
感动春的世界

一些柳条
被目光移栽过来
长在胸中
拂在心头
有谁能读懂其中的
纷繁奥妙
婉约风姿

春风的厚度

春风翼薄如纸
只需一根丝线
就能把心牵在手上
于天空留情抒怀
纸鸢的身体
太阳的面庞

春风轻盈如羽
振翅的舞台
风总能从云中抽出音符
缕缕雨丝
指挥花草的合唱

春风醇厚如酿
蜂蝶灵翅
打开久闭的门窗
飘进缕缕花香
气韵相通　物我两忘

春风隽永如诗

无需书写草稿
随意张口
便是绚丽芬芳的句子

春风是破冰的利器
不用大动干戈
只需微风拂面
就可从容化解壁垒

春风喜欢钻进地下
到不曾谋面的根须处滋养土壤
春风不会偏执一方
哪怕是犄角旮旯
也要普惠留芳

春风和畅
相互濡染
彼此感动
孕育出生机勃勃的美景

春的翅膀

轻盈地
停在鸟背上
一振翅
便是明媚舒畅

雨丝
是从云中飘出的心情
眷恋着土地
点缀着花
滋养着草

蜂蝶的舞蹈
让心颤动
一双双灵翅
不断打开春天的大门

风被孩子牵着
长线上的翅膀
够得着蓝天
能拉来太阳

张扬的日子

就像伙伴
松开蒙住眼睛的手
含情脉脉打量
绽露枝头的风景
一片清新张扬的世界

如此明媚的日子
叠成一摞色彩
随意打开一种
可能就是春的口红

不必忌妒
山的戎装换得太快
原的裙裾也拖得让人眼红
此时舞台上
走秀的不仅有容姿
还有脚步

燕子最机警
早早衔了一缕春风

落叶有声

将呢喃装进巢穴
有了幸福相伴

小溪在轻歌曼舞
旁边厚厚的地毯上
春天正绵绵絮语
花草迷离　似睡似醒

牧人把鞭子伸过来
日子被鞭花绕得生动
脚步轻了
春天的口袋里
谜一样的种子
不知不觉已悄悄萌生

夏天的火苗正在破茧化蝶

滞涩的水，静止的风
都在酝酿发酵的机会
从上到下
阳光发出焦灼的气息
如同一块烤焦的饼

树叶卷曲
想吹灭空气中的火焰
狗舌在唾液中苟延残喘
鸟在不停地喧闹
叫声啄食树影中的光斑
麻木的神经只能在音乐中
获得短暂清凉

麦子一黄
布谷鸟就开始唠叨
收割机翻滚着麦田的心情
也逼退了挥镰的欲望
阳光和阴影是最纯的色彩
编织似懂非懂的图案

如果火能够冷却
那么冰就可以燃烧
经过日月浸淫
寒窗下也会有火的洗礼
笔尖吐丝的日子
火苗正在破茧化蝶

油菜花

金色花香
沾满四月的衣袖
抖一抖手
就成了一望无际的地毯
灿烂地铺在心海深处

饱食过雨雪泥土
积攒出厚实淳朴的气息
把馥郁从冬藏到了春
就像陈酿的老酒
一经开启
漫山遍野便醉倒在花海中

那是从秋天走来的坚守
经历过寒冬的洗礼
蜜蜂开始酝酿情愫
如同汗水泅过的喜悦
挂在嘴角的笑靥
让花期再一次延长

此时花已睡去
却在梦中编织涅槃故事
让一种芬芳
在烈火煎熬中获得永生

嗅过无数花香
只有你能浸入碗底
伴随袅袅炊烟
在餐桌上久久飘荡
浓郁真实的生活滋味

布谷鸟叫声在六月响起

赶上六月
就赶上收获的季节
布谷鸟的声音
总要抢在焦黄太阳的前头
掀起波浪
然后在偾张血管里涌动

一声声熟悉的呼唤
如同火红的色彩
包裹着夏天的激情
把天地拉近
醉倒在一片金黄麦浪中
饱满的麦穗喂熟了布谷嗓子
朗朗声音在四处飘散

盼黄盼割
是磨快镰刀的声音
昼夜不停地歌唱
在天地间合奏出优美的旋律

落叶有声

农人的作品
成熟在一块块麦田中
漫山遍野跌宕起伏
风中摇曳的姿态
希望已经成熟

六月
布谷鸟的叫声
在校园徘徊了很久
寒窗下的谜即将破解
挥手之间
牵动出感人的情怀

六月的里里外外
总是飞扬一个调子
开镰收割
那储备已久的等待

蝉歌

蝉，在家乡的树枝上鸣唱
一种庄稼树木都能听懂的歌谣
季节在蝉声中褪去衣衫
阳光赤裸着臂膀
像真正的庄稼汉
一步步靠近熟悉的乡音
带着清新明快的节奏
在耳边不停地渲染

祖辈生活的地方
敞亮明快　清澈如水
除了豆蔓　别的不会纠缠计较
麦子和玉米如此知根知底
蝉声就是一种约定
收成和笑脸相约重逢

不管你是否留意
蝉歌如期而至
穿过鼓膜　走进肺腑
在午后的房顶上飘荡

散发出浓浓炊烟的气息
被风箱裹挟　翅膀飞得很远

总能带走泥土气息
在城市一隅绽露芬芳
异域的蝉声只会说唱
一些与自己无关的话题
即使清点血汗的喜悦再强烈
也盖不过车轮碾出的心律

脚步从故乡走出
又在熟悉的声音中返回
把陌生留给城市
精彩的鸣唱能使人耳目一新
鳞次栉比的楼房挡不住饥渴的视线
声音就长在枝头
像庄稼一样此起彼伏
这一刻拉近了心与家的距离

绿叶里的夏天

绿叶长在树上
夏天生在树下

一摆动
绿叶就从阳光里
筛出了风

风躺在叶子里
人躺在风里
人是风下的一片叶子

小鸟钻进树枝间
成了另一种树叶
看不见树动
却听到了叶的欢唱

树是夏天的衣裳
披着一身凉爽
绿叶是人的翅膀
飞出燥热
飞向清凉
栖息在有梦的地方

收获季节

被烈日烘烤的日子
诸多酝酿
此刻正在分娩

机器在田腹中躁动
发出幸福的歌唱
天空中
沉寂已经苏醒
从清晨一直唱到夜晚

色彩
被阳光、麦田、树木分割
在夏天的屏幕上
绽放最绚丽的图案

汗水里
有寒冬冰雪的体液
浸润曾经的执着
一支支笔经年吐丝
终于到了破茧时日

翩飞的蝴蝶
舞出心中的梦想
天地间徜徉出
热浪翻滚的情结

麦田里的阳光

麦芒深深刺进太阳
毒辣辣的火舌喷涌而出
麦田成了一张焦黄的纸
在风中蜷缩翻滚
一切都无法证明当初的汗水
是怎样从肌肤渗出
掺着浓重的盐味
然后被庄稼认可亲近

相信只靠水的浇灌
麦苗不会领那份良苦用心的情
把汗水赤裸裸还给土地
才能证明诚实
太阳将那些淌汗的身子弯成弓
张开孤注一掷的决心

再用火焰一样的针刺
打消你仅存的侥幸心理
那一行行垄沟
就是要把曾经的付出串起来

让日月搅和着汗水在里面流淌
用粮食喂饱肚子前
先用焦苦考验一番身子

麦田里的阳光
还等着父亲磨快的镰刀
跟它较劲
我的手搬不动生锈的时光
只有一轮如火的记忆
在天空中翻滚

落叶有声

手拉犁的女人

一个女人
身体向后用力
犁铧扎进土地
埋下深深的汗滴

季节的心肠如泥土般坚硬
适宜的墒情将脚印捣碎
铺成比机械还要急切的场面
牛叫声只在远处响起

本该属于男人的劳作
让女人拉出一种沉重
远方工地上同样有一双手
操持着相同的感觉
日子
在两个不同的地方连接对话

犁沟里留下一株幼苗
正光着屁股生长
等不到把种子撒下
心已经在那里寄存了很久

等待犁沟呼喊出庄稼的姓名
阳光便和风雨一同启程
多少血汗
无数犁沟
等待在秋天里一起成熟

星光

雾霾笼罩
星光黯淡
一只口罩挡不住众多焦虑
城市面容憔悴
脚底的尘埃
悄然埋葬大地
留下一片恼人的窒息

清晨
你举起一把扫帚
舞动晨风
就像擦亮火柴
点燃满天的星斗
舞出一片动人风景

一双手
整理出一种温馨从容
寒冷的心
被粗糙的掌心温暖
开始燃烧火热的情愫

乡风地韵

踏着崭新的路
热流从脚底升腾

精心擦拭城市的眼睛
如此美丽生动
你亲手播种的牧场
街道　马路
树叶不再飞舞
雪花不再张扬

听不到喇叭呜咽
看不见踟蹰沮丧
走过心灵大地
到处是璀璨的星光

落叶有声

银杏叶

最美的秋天
总是钻进树木里
用丰盈亮丽的色彩
表明始终不渝的心迹

银杏发出的名片
不仅表明季节身份
还能做成旗袍
在秋日原野上随意走秀

无论如何也无法遮挡
被阳光熨烫的妩媚
不攀秋风
一样能走出闺阁
眼前是金子般的宫殿

红绿间
会生出更惊喜的金色
在秋天身后
拖出长长的裙裾

飘逸而纯粹

一刹那
醉卧在镜头里的
是片片沸腾的秋色
和激动的心跳

落叶有声

月盘中秋藏着满天星斗

中秋的月盘
藏匿了多少向往
遥远的目光在此圆润成熟
那轮素洁的明月
怎能装下如此多诗风词韵
于是留下了一些句子
在山川间跌宕
在江海中起伏

唐和宋的佳句
明到清的语言
一次次刷新这轮圆月
让中秋银盘更加羽翼丰满

举杯相邀时
水便是你的影子
映照多少古人和来者
精心打点
也难免弄湿几分牵念
和藏在心中的那块月饼

一池秋水漂洗了天地冷暖
一轮明月朗照出人间无眠

中秋月
万千目光从古遥祝至今
月盘里怎能装得下浩瀚之情
满天星斗
可是溢出的思念之光

那些相连的心
即使相隔千里也能感知
彼此的跳动
似水流年
哪怕时过千载也能望见
曾经的机缘

在古老案头
再铺一张白纸
把无限情愫收进笔端
在明月窗前
再摆一盘思念
让点点星辰
守住那久有的团圆

老腔

一颗古老的种子
在历史的喉结上萌发
只有黄河渭水才能浇灌出
华山一样奔放结实的音韵

这用声带传递的个性
能够穿越时空
抵达两千年前的漕运船上
两千年后又漂洋过海
在遥远的异国他乡登陆
唤起一片雷动掌声
一切绝无仅有

曾被乡风糅进碎土
紧挨崖畔地头生长
裹着清冷的月光
声音被一张白布隔开
熟悉的味道
飘进一锅旱烟或水烟里
夜色从此不再孤单

敞开衣衫的汉子一张口
就要把五脏六腑都亮出来
心胸容纳了山川
声音流淌出江河
时光在弦声中远去
性格因木块的敲打而坚硬

如同扬起麦子的扇形声浪
重重地落在场中
听到了天空中风的嘶鸣
以及春的婉转悠扬

心中早已波浪翻涌
血脉从此流淌不息

皮影戏

被时光剪裁的影子
在刻刀尖上复活
手柄量裁出匠心智慧
从刀口缝隙穿过
让人物栩栩如生
走向舞台荧幕
成为古老纯粹的文明

双手操纵千军万马
在青灯影子幕后
游刃从容
平静的心被巧手拨弄生动

灯光下舞动的臂膀
诉说久远的风情
纱窗口透进的光影
暂别依稀的梦境

曾经闲适的夜晚
被灯光鼓点捣碎

淌出单纯亮眼的火种
在用粗茶淡饭填饱肚子前
精神先饱餐一顿
活脱一副永不衰老的面容

把今古隔开
星光抖搂的碎片
在月光皎洁的夜晚纠结缠绕
影子是无眠的花朵
灵动传神

红叶

一枚秋的心思
深藏在精彩文字里
一行行句逗点亮了书的风景
红叶在字里行间屏住呼吸
丝丝筋脉热血沸腾

一柄红色的犁
开垦出心中的沃土
季节挥之不去
情节变得愈加生动
目光深深地种进诗行里
感动的泪花
在秋后的阳光中悄然盛开

走在树下
寻找收获背后的色彩
是一地夕阳跌落的碎片
在晶莹的霜花中翻卷波澜
痴情不可更改
生命的容颜历程

从绿到红
心已经收拢不下
这用心用意的作品

攀着长长的台阶
轻轻推开搀扶的手
连同挥之不去的年少影子
一路是日月磨砺的轨迹
曾经的青涩幼稚
被浓浓岁月滋养丰厚

红叶舔舐着记忆的火苗
大雁在天空翱翔
叫声刺破了久闭的窗
偶然打开天地的画卷
一颗心正向天空敞开

秋千

摆成钟的姿态
在日月节点上荡漾
蜜蜂和花朵
麦田和布谷鸟
从绿到黄再到红
记忆始终无法退去

没有雪
冬天只能寄养在秋檐下
无力伸展
徘徊
为了酝酿更多自由

当风吹过发际
改变距离
能扯起心中的起伏
天空有着不变的情怀

破茧化蝶长出翅膀
歌声远去　激情流淌

在高处拥抱白云
低处邂逅本真

心在守望　身在飞翔
长长短短的影子
遮蔽了岁月的苦短甜长
风云际会　雨洗征尘
清明的阳光
荡漾在油菜花开的地方

正午的月亮

冬天
潼关十里长廊
阳光被细风剥去衣衫
赤裸着有些寒意

高大的风车
静穆地站出一种象征
黄河总是耐心等待
渭河洛河的到来

气垫船轰鸣
如梭般织出波缎浪锦
秦岭沉稳的姿态
凝固成起伏河流的影子
华山绽放如莲

弯月在天空
勾勒出游船模样
正午时分
日月同辉的情景
是在留恋天际
还是想驻足人间

舞者

阳光的音符
灯光的音符
被一些灵活或笨拙的脚踩碎
然后用手和身体
编织出心的旋律和色彩

婆娑多情的柳枝
是一汪池水长长的睫毛
眨着灵动的眼睛
鸭蹼在看不到的地方
翩翩起舞
水面托起矜持优雅的风度

旁边是一群音乐的影子
脚在伴奏　手在欢唱
谁把日子搭在肩上旋转
让岁月一下子变得这么年轻

是田地里走出的摇曳
像禾苗荡漾喜悦

落叶有声

灵活和笨拙只是不同语言
心才是表白的窗口

一切都写在脸上
灵魂和肉体
熟悉和陌生
一旦踏进音乐的领地
人生就在瞬间变得生动

走得很近
羁绊和鸿沟都不复存在
看到一些鸟儿
正在天空自由飞翔

席子

水塘边
清风携着鸟语
躲进苇子间喧闹
无论如何也无法吵醒
逝去的光阴

碌碡在清脆的镰刀声后抒怀
前进和后退
都能踩出杂技般的身段
当脚下一片欢笑
那些初露锋芒的孤傲
平整地铺排开来
碾轧也是一种淬火

巧手是会说话的
让篾片在怀里跳荡的语言
在场院里就是一道风景
把世间最难的经纬编进去
结结实实　密不透风

那些熟悉的日子就藏在席子里
炕上或者地下
最接地气的厚度
不避寒暑　亲密无间
如毡般冷暖相知

铺开的席子
经常晾晒一段麦场岁月
如画般的图景
多情且充满甜蜜
有月的夏夜
常常把身体交给席子和星空

藏不住的冬韵

牵着姊妹衣襟飘然而下
片片凡心化作轻盈的舞步
满世界都是天女散出的花朵

新枝上的鸟雀剪裁出一窗风景
喳喳地把欢笑抖搂一地

眼前是素洁的仙境
脚下的世界干净透明
冬天的梦就该是童年的小手
红扑扑地搭在雪人身上
多少心结化解不开

把纯净素雅铺成一段日子
慢慢欣赏　细细品味
不管是玉树临风
还是冰清玉洁
一切都会在抚摸中感动和融化

阳光不再是温暖的借口
当洁白无瑕的雪

落叶有声

化作情思缱绻的泪滴
心竟无意间受伤

静谧的雪不再喧闹
只有平静的美
才会悄然融入胸中的冬藏

雾凇

平展的身躯
一下子丰满起来
冬恋
如此动人
轻易就爱上了你

怎样一种心境
用冰雕玉砌
裹得密密匝匝
晶莹剔透的冷美人
俏立枝头

不再飘舞时尚
依风守望
凝固便是一种美
一株持重
能长出多少成熟

无声无息
溢满机缘

落叶有声

阳光是你的泪腺
这一刻
你为谁动情

寄情山水

华山挑夫

有山为证
你的肩挑起过日月
有路为证
你的脚印证过性格

一身肝胆
筑起山的巍峨
一根扁担
丈量心的广阔

每一次艰难扶壁
都有生命的感悟
每一次勇敢换肩
都是命运的超越

把肩担厚
承载起岁月的重托
把情挑浓
容得下天地的诉说

落叶有声

屹立在肩头的
是山的骨骼
回荡在胸中的
是民族的气魄

寄情山水

壶口瀑布

是一条河吗
分明是一首诗
不说水下的暗流涌动
只看一眼波涛汹涌
就已撞开胸中的闸门
万千词汇奔涌而出
在河里奔跑
在岸边聚集

只在拐弯处归拢
折成一行激情
没有停顿的标点
没有修饰的色彩
声音正好契合心跳
大地流淌出不变的音符
诗在歌唱

这就是高潮
一壶滚烫的浆液
倾倒而下

落叶有声

把所有的语言
连同血液一起煮沸
激起天地间万丈豪情

一路艰辛铺排
一路跌宕起伏
就为了这世间的共鸣
黄土地上最得意的作品
连同生生不息的魂魄
一起走进诗眼

华山的翅膀

一根银索
扯出一片山的舞台
天地悄然靠近
握手耳语

雾霭山岚锁不住
飞翔的目光
伸手之间
便把群山揽入怀中
装下许多波澜起伏的心跳

一段天路
被悠久的情思拉近了
从山顶到山脚
谁在飞扬一条美丽的彩带
一头连接天外
一头伸向世界
在峭壁顶上编织
秀美的花篮和文明的足迹

千年莲台
何时生出双翼
从奇险峻峭的云头擦过
飞翔在历史和现实间
把一些传说故事看得清清楚楚

自古一条路的神话
从此缄默不语

花映河山

铺排开
一幅水墨丹青
在花叶间浸润洇染
葳蕤绽放

叶下水塘
悄悄挽起迷胡抖起的水袖
花上水珠
热情滚动老腔激昂的歌喉
清风等候一池翠绿
清点千古熟知的品性

一朵朵莲蓬
竟模仿出麦克风的心情
站在九霄云外
聆听逶迤山河的脚步声

固执地站立
那一道独特风景
在东来西往间恪守

城市的面容

风清水静
满目优雅从容
云锁雾绕间
滋养出一片风骨柔情

黄河铁牛

曾经的黄河岸边
铁牛激情如诗
铁链浪漫如歌
穿透时空的声音
拽起一片浪花
从脚底流过
如山的脊梁
驮起一条澎湃的大河
气势壮美如虹

宽阔的脊背在耕种日月
目光充满倔强
铁链扎进骨骼的声音
比黄河浪涛
更加清晰明亮

与乾坤角力
时光不得不沉入河底
河水不得不改变方向
暗流涌动

试图将你冲走
河水浸泡
妄想将你锈蚀
在顽强意志面前
一切徒劳无功

直到许多年后
历史的面目依然清晰
犄角刚硬
铁蹄执着
露出水面的姿态
依旧是民族的魂魄

九寨海子

在这里
我找到了心灵之窗
那被圣水晕染过的眸子

相信
天堂此时就在眼中流淌
无需用词语修饰
色彩就是真实的心跳
画面如此纯美
难道是彩虹跌落的碎影？

水中的鱼也在调和色调
在花草树木的倒影间穿梭
一切都装进水中
浮山流影恣意漂荡
多想把这仙境捧在手心
把这童话装进衣兜
悄悄带走
让看惯了雄劲奔流的眼睛
多一分温柔的滋养

花草无语
蝴蝶有心
一种颜色就是一个故事
一个名称就是一段传说
谁能读懂满池斑斓中的母爱
谁能看清大山臂弯中的父情
经年累月
山水在为谁守候

可曾觅到镜海佳人
这山的丽影绝不是水的情敌
一切相守虽五光十色
却不会迷乱清醒的眼睛
只为爱而来
只参加这山与水的盛典

那手腕上的翡翠
那脖颈上的珍珠
那孔雀羽毛的婚纱
都不及你好看
我心醉神迷的九寨海子

兰州印象

群山环抱的舞台上
是谁在两岸架起琴弦
弹奏出一条大河滚滚流淌
那悠扬起伏的旋律
正伴着夜以继日的激情回荡

沉静的山把柔情藏匿
就像孩子听着母亲的呼吸
近在咫尺　如同怀中

这熟悉的颜色
和肌肤一样富有弹性
相同的个性
总能唤起心中的联想

该有多长的手臂
才能越过波浪
扯起一座城的帆
在南来北往的车流中
恣意穿梭

落叶有声

如同诱人的牛肉拉面
被筷子顺势一挑
架不住的地道滋味就蔓延开来
这样的日子让人回味很久

水车

河的履带传输着水的激情
在日月轨道上
不屈地旋转
一圈圈孤独的年轮

泥沙证明不了什么
河床也只是一种象征
俯下身去
匆匆清洗沉重的步履
抬起头
就看到了生命的长度

没有贪恋水中河鲜
没有迷恋眼前的风景
年复一年
憋着一股劲
重复自己

游花果山

美猴王果真生于此
有伟人笔迹为证
一根旗杆
摇曳世间风尘
竖起多少自信

火眼金睛何在
水帘洞氤氲如初
由石头演绎的神话
失却在石头丛中
谁能读懂其中的玄机

如意铁棒
被智者拿去写"西游"了
剩下的情节
比大闹天宫更精彩

改朝换代的风
多起于此
取经的路
究竟还有多长

走进丰图义仓

走进丰图义仓
我就和岁月一起
在这百年的屋檐下
躲避风雨

此刻
我的眼睛
正在研磨这尘封已久的神奇
企图用这不朽的谜底
喂饱饥饿的神经

百年前的雨水
从铸铁凹槽中流下
浇灌了多少惊喜和感动
只有智慧能在此发芽

被风火墙隔出的时光
静静地躲进一粒粒粮食里
对着温暖的烛火
和明亮的阳光

落叶有声

谁能想到这窑洞的房子
竟把冬和夏揉碎
一起装进春秋的袋子里
我寒冷的身躯
此时只感到温暖

木地板曾簇拥过先辈的智慧
我干涩的眼睛
从此变得滋润发亮
就在这里
把我的心和所有储备一起存放
久远绵长

秦疆云天

离开关中平原
身后是三千年灿烂文化
八百里秦川
承载不下澎湃激情
我要饱蘸渭水
写一路西行的诗篇
把华岳留在身后
把秦俑留在身后
让丝绸之路成为发端
让秦砖汉瓦成为铺垫

这是天山的诱惑
这是蓝天白云的召唤
那鹰翅下的辽阔
正好容纳我的心胸
我要从贯穿南北的天山路上
寻找灵魂最美的栖息地

只有赛里木湖
能够平复此时的心跳

落叶有声

我要把所有情感装进集装箱
在霍尔果斯口岸等待起航

我如何作别
那不尽的草甸
那无垠的云天
还有那泪湿衣襟的
烈士陵园
在云的那一边
将留下永远的牵念

从太白积雪到天山牧场
从秦岭隧道到独库公路
无法走完这依依惜别的情感
一切
就在心里
一切
皆在眼前
一切
流连忘返

沙漠魂

沙如风的嗓子
尽管舞姿优美
却不怎么动人
阳光被翻滚的波浪迷惑
声音变得沙哑
眼中不含泪水
生命需要在襁褓中
变得坚强
弱小不等于
浮浅

热和冷
都将成为意志的延伸
风沙企图埋葬一切
包括身旁的胡杨
风干
只会让天地动容
坚强无需泪水
从严酷到尊严
只有时间能够作答

落叶有声

有些事物
不可随意摆布
即使倒下
也要保持站立姿势
即使有一滴水
也要涂出一抹亮色
温暖艰苦的行程

饥渴的躯体
也能孕育奇迹
风沙里
有种母爱
比润湿的泥土还要珍贵

走不出的芦苇荡

沟的情怀被芦苇包裹
只剩一条小径通往心灵深处
暗合幽秘的风景
游戏和战斗在交替上演

芦根挑战过味蕾
镰刀修改过童年的线路
在浅塘边停留嬉戏
鲜花盛开的时节
芦花跟随脚步
一起走进阳光里

沟坡是第一个道场
苇子在篾匠肩头歌唱
让碌碡碾过苇秆
粗糙而灵巧的手中
篾片上下翻飞
夏天，枕着一弯编织的新月
酣然入睡

落叶有声

轻轻剥开苇叶
那份精心包裹的思念
香甜滋润　充满诱惑
舟楫直通江心
欸乃千年不绝

野菜的味道

太较真了吧
拗不过似曾相识的认知
用一把小铲
漫山遍野去读你的名字
马齿苋　婆婆丁　蒲公英　荠荠菜
躲在草丛中的影子
像藏在童年游戏里的微笑

豁开一缕春色
提篮里盛满质朴的清香
因苦难与卑微相逢
草根读懂过不少心情

似在绵延的根须上觉醒
一碗苦涩的味道
养活过昔日的贫穷
一锅平淡的信念
支撑起久违的火种

谁在用铲子

落叶有声

剜取记忆
隐没在岁月地缝中
只有枯荣相知

一件件朴素外衣
遮不住寒冷消瘦
油肠肥肚
怎能消化掉精神的肥腻

不必浪费口舌
田野生长不出广告
无需挥霍口感
即使再多作料
也调不出野菜真正的味道
那是滋养心的药材

一只鸟儿在飞翔

鸟儿把家安在翅膀上
翩翩飞翔犹如挥手离别
这拥抱和分手的姿势
描绘出蓝天白云的心情
羽翼丰满的歌
在天空跌宕起伏

轻轻地飞过
留下迷茫的天空
还有无处落脚的目光
一颗心被鸟儿唤醒
曾经催醒一片碧绿庄稼的叫声
此刻被风儿放大
轻轻地触摸熟悉的树梢

面对钢筋水泥壁垒
阳光藏起温柔　透出火的坚硬
叫声再也啄不透一层墙纸
花盆里滋养着花的心情
与鸟儿无关

感觉不出一株老玉米
在热风中与空气的对话

壁画上堆雪的世界
让双脚艰难地走进童年
还记得冬天小手冻得通红
麻雀探出惊奇的头
像新生的禾苗喜出望外

炊烟常向美味发出召唤
就像家禽能听懂主人的语言
笨拙的鸡鸭步态沉稳
鸟儿却站在盆边东张西望
随时准备起飞

母亲，我陪你旅游

母亲
天地如此广阔
装得下日月山河
却装不下你对家的守候

什么时候
你才能放下厨具
让穿梭在厅堂已久的双脚
走进新的天地

这样，你听到的
不只是龙头流水的声音
还有波浪翻滚的撞击

这样，你看到的
不只是小小荧屏的窗口
高大的树木
起伏的山峦
都可成为你辛劳的慰藉

落叶有声

陪你去黄帝陵
看一眼轩辕植下的古柏
陪你去宝塔山
跟红色圣地合个影
陪你去红碱淖
瞧一瞧蒙古语里的风景
究竟有多美

你用南方口音
和北方对话
手势传递出
彼此的表达

这一切不再是承诺
我要用车轮代替嘴巴
在这个国庆长假
你坐在我驾驶的车里
就像幼时我坐在摇篮里
那样舒适

山水写出的诗行

两峰倾慕
落下美的山谷
山水的孩子
在吟咏爱的诗句

严谨的石头
以自由的姿势
放松面孔
人们随意呼喊它的乳名

山的情感流淌在谷底
丰沛乳汁养育着儿女
苍穹之下
谷是安妥的摇篮
孩子能感知母亲的心跳

鹰在寻找着梦想
山谷的面纱
浮云缭绕
藏不尽动人故事

落叶有声

山的灵魂曾被水俘获
谷底便有摆不脱的影子
目光缱绻
太阳无声穿透树枝
编织幽谷情话

走在山水间
人是一种符号
标点成山水笔墨
描绘着隽永诗行

踏青

小草记挂着原野
最先编出春色
和畅游春色的梦

把热望和期盼融入脚下
在春的地毯上做客
用一地湿绿
填补冬的干涩枯燥

春意萌动处
漫山遍野涌动着
陶醉的理由
阳光下遍布养眼的色彩

清脆的音符
从鸟喙中跌落
在空气和泥土中
掺和着风的气息
暖了衣袖
轻了脚步

塔坪秋色

山的褶皱里藏满风景
黄栌的枝干
皴染出片片红霞
在秦岭宽大的衣袖上
绣出缕缕秋色
一袭枫红锦缎
于艳阳高照
秋风和畅中
霓裳翩舞

陡峭的斜坡
浅浅的脚窝里
是比红色更深沉的脚印
落叶杂草纠结的路
越走越瘦
手杖敲落了一地
汗水的花瓣

潜伏的色彩
如同密封的胶片

藏匿在蜿蜒小径
等待突然一瞬的惊喜曝光

枝蔓悄悄地舒展
终于看到
秋天的脸庞在红叶间
精彩绽放
阳光下
流淌着热烈精美的旋律
如同深情的表白

此时的塔坪
山色妩媚
秋韵婆娑

山桃花为谁盛开

谁是花主
在这幽寂的山谷
一张张笑脸璀璨绽放
是为了听风的甜言蜜语
还是想读水的缱绻缠绵
只有阳光的影子
能猜透水底石子无言的诉说

在这偏隅处盛开的芬芳
看到了蜜蜂们编织的梦想
搽着情人的胭脂
醉成粉红色甜蜜的笑靥
在枝桠间婉转温柔的歌喉
一副柔媚多情的姿态
等待天地知遇
或邂逅梦中的知音

在这寂寞的枝头
直等到山河老去　红颜憔悴
一场风雨吹散多少音符

心思就托付给小溪
无辜寂寞独自凋零
花落谁家
径自不息漂走

那曲折不尽的清流中
落红可是一种眼泪
借此调出的红尘泥浆
能够弥合漂泊惆怅
即使花落无主
依旧情思悠长

太平峪打核桃

太平峪杂草繁密
清凉空气中
蝴蝶在寻觅花朵
溪水绕得太远
久久不愿出现
放养的猪
长成野猪模样
四处游荡
警惕而无攻击性

核桃被弃在树枝高处
挂着傲慢和失落
捡石块掷去
美丽弧线
与目标擦肩而过
跌落的瞬间
正好撞见核桃的挑衅

不停地抛射
终于

寄情山水

一条走偏的弹道
正好击中意外
战果躺在草丛里
石头敲出一手墨绿
品尝山中的野味
童心在太平峪复活

太华日出

站在太华顶上
渴望展翅飞翔
在遥远的东方
深藏生命永恒的呼唤

千重身姿
披挂着云海
万道霞光
渲染着河山
共同奏响千古绝唱
红彤彤燃遍世界

在壮志凌云处
目光洗礼清晨
翘首期待
漫天红霞
点亮了眼睛
也点亮了天空

这一刻

记忆的驿站
停靠在那个夜晚
八勇士
用竹竿摸索天地
用绳索牵系光明
从此便有了一束光焰
闪亮在太华之巅

于是朝圣者的心中
便有红日伴着黎明
一同升起
晕染华夏大地
万千生机

岁月留痕

去年的叶子

挂了一年的枝头
天空的胸怀已经被悟透
南飞的大雁扯起寒风
没有割断依恋相守

干枯成一种声音
一种颜色
依旧舍不得凋零
等到春风绽出新芽
再放手相伴已久的风景

土坯房

被水泥路丢在身后的依靠
孤零零
残缺在那里

墙皮剥落成
饱经风霜的老年斑
雨水冲皱了沧桑容颜
未经梳理的发髻
在衰草间恣肆遍布

残败的身躯
被高楼压得喘不过气来

童音已逝
槐花殆尽
不见拄杖老妪
再去轰赶鸡鸭

猎猎寒风
能否读懂往昔炊烟

旧门破牖
能否看到牛羊踪迹
檐下燕雀
是否还识得昨日主人

无花果

庭院
无花果枝繁叶茂
这是不爱养花的父亲
留给家的作品

光洁的枝干撑起一片翠绿
父亲摘下成熟的果子
分给村里的孩子
那是他们喜欢的美味

一声爷爷
叫开了父亲满是褶皱的脸

父亲宠着孩子
看着他们眼馋的样子
就用梯子架接起爱
树上树下
留下父亲的欢心

多年后

父亲已经离去
树像无人经管的孩子
不再笑逐颜开果实累累

当年吃无花果的孩子
已经长大成人
在果子成熟的季节
他们是否还记得
一位爷爷
曾经带给他们的甜蜜

芽

躲在春的腋下
悄悄探出头
粉红嫩白
一副娇怜动人的姿态
嘟着嘴巴
朝阳光憨笑
吐出一片温暖气息

院墙边的杏树上
此时正摇曳依稀的睡梦
漫天星斗绽放出天空的思想
睁开这春的眼睛
在柔软枝条间
互相对望
星夜无眠

伏在小草肩上
稚嫩地撒娇
眼里挂着一滴清冷的泪
这一刻
不由得想到了儿时
父亲肩头的自己

岁月的界碑

夯土　墙垣
庄稼一样
泥土也在生长
家的外衣
冬暖夏凉

炊烟靠近
又悄然飘逝
剩下麻雀的叫声
被车轮挤占
碎成一地清冷

雨水中
岁月的界碑
已经没入蒿草

青砖灰瓦旁
油菜花依然绚烂

母亲纳的布鞋

穿上母亲纳的布鞋
脚下就有一条船
风浪再大也挡不住前行的帆
一针一线的牵挂
只为船舷更坚固
航行更遥远

穿上母亲纳的布鞋
脚下就有一座桥
艰难险阻挡不住执着的信念
厚实的鞋底
能跨越坎坷走出彩虹
翅膀一样伸向蓝天

母亲纳的布鞋
针线堵住了多少风雨
针脚走过多少坎坷
一尺布能伸出千里路途
一颗心能感知天地冷暖

母亲纳的布鞋
铺垫着叮咛嘱托
如同婴儿踩着母亲的手掌
鞋面亲吻着迎春花香
鞋底沾满了落红春泥

春天
布鞋成了寄情的风筝
母亲牵着长长的线
盼着游子回归
山水隔不断乡情
脚底是一条回家的路

阳光下一行清晰的脚印
端端正正
就像母亲的针线
从不跑偏
穿布鞋的脚永远不会背叛

一张糊墙的报纸

报纸糊在墙上
一片膏药就贴住了墙癣
花花绿绿的版面能治疗外伤
无所谓正反新旧
如同口罩
刻意堵住破碎的嘴

让墙壁生出文字
亮出风景
把时尚逼上旧舞台
文化布景遮掩着落伍和残缺
这是一个聪明过人的主意

主人巧妙地打出补丁
缝补了时光的漏洞
让你不由得触景生情
浮想联翩

此刻陈旧的墙壁
被一张报纸点亮了眼睛

多像一只离群的孤雁
偶然的机会
被主人请到堂前
从此就在这屋子里
有了一段不般配的姻缘

捶布石

从到家门口起
就懂得谨守规矩
平静的外表
能平复心中的波澜

背离山水
注定以声音为伴
女人会用棒槌说话
虽然垫着厚厚的布匹
咚咚的声音依旧盖不住
左邻右舍的秘密

你清楚每一次捶打
都是在提醒挤出水分
在捶掉牙齿前
必须面带笑容

静静地卧成一只石狗
只竖耳倾听
默不作声

山水的性格才靠得住
一声声考验
什么时候都得承认
捶打不仅仅是一个过程

笑容很痛
比开口还难的事情
为何要用棒槌
反复提醒

野燕麦

只晓得蝉蜕
不知道襁褓中的野燕麦
看到天空中的燕子时
梦已在绿色中酝酿

那是即将挣脱怀抱的日子
微小的风
也能扇动腾飞的欲望
燕子的叫声
如同剪刀
正剪去燕麦的脐带

此时
恰似母亲张开手臂
再扶儿女一程

野菊花

静静地
插入秋天的鬓角
把萧瑟扮出几分妩媚
随意一块地方
都能安妥自信
绽放笑脸

是花吗
分明有草的性格
车轮底下仍要坚守
生命的本意

能读懂践踏的滋味吗
能体会采撷的痛苦吗
微小的芬芳
心中满怀秋意

风雨早就渗进你的骨子里
成了季节的代名词
从从容容
在天地间砥砺出一种境界
人生从此宠辱不惊

七夕，星夜无眠

曾经
一根银簪
划出天界的寒冷
一条银河
企图阻拦旷世的情感

真情无法隔断
这个夜晚
注定有满天璀璨的星斗
和人间明亮的灯火
陪伴

七夕
星月无眠
等待喜鹊
用翅膀架起守望
把一年时光捣碎
成为目光里
晶莹的泪滴
成为银河中

爱的碎片

今晚
天上的星斗
缀满人间枝头
光芒闪烁
是渴望团聚的眼睛
深藏久有的思念
比簪子划出的银河
更深更宽

河里流淌的不仅是
相思的泪水
更有同心泛起的涟漪
守护着一个个分别的日子
河水清澈
只为今夕动情

自从架起鹊桥
便多了几分情丝缠绕
缱绻的星光
眷恋的目光
年年岁岁
只为今晚守候

天河无语
人间有情
多少痴情的种子
长成了地老天荒
多少团聚的时日
布施成人间的乞巧

今夜
天地同在
有多少星光无眠

醉月

丁酉年癸丑月癸亥日
夜，月饮酒了
先是掩面转身
一副婀娜娇羞的样子
偷看凡间世界
众多目光愈加充满好奇

只知道人间嗜饮
不知天庭也有酒场
醉月情景
姿态如此迷人

据说要等待五百年的喜悦
怎能不沉迷一次
酡颜醉美
嫦娥的一袭红裙
广寒宫不再清冷

侧耳聆听时
仿佛有仙乐从天宫飘来

是在为蓝色星球配器
还是在为红色国度演奏
心也悄然醉去

灯花

曾开在黄梅时节的一个夜晚
一声闲淡棋子
震落了近千年郁结的花宵春梦

那是灯火绽放的笑脸
在目光相拥中伸着懒腰
只有油灯和蜡烛
才是夜晚最柔和的曲线

文字就浸泡在灯焰中
开出醉人的芬芳

窗下
一朵灯花在默默祈祷
似乎耗尽一瓶夜的心血
让灯光做出打盹模样

锥刺花心的神经
灯光突然苏醒
落下满屋子青光
和那些永远抹不去的记忆

灯罩

真不愿有一顶帽子
像灯罩一样戴在头上
那会把自己的一半隐藏得很深

灯自从戴上帽子便有了想法
一切心理暗示都会被光芒割断
留下一条残酷的边界
即使昼夜长谈
也无法搞清孰是孰非

既然一半的路已被斩断
剩下的只有义无反顾
光束十分耀眼
却看不清黑暗中的沉默

光亮并不代表初心
黑暗也并非完全无奈
能在清白里看到黑色的影子
或在灰暗中识别清晰的面孔
心就不再煎熬

也许当帽子遮住了灯的脸
心才会更加清楚

有人享用灯下的光亮
有人留恋罩上的漆黑
就像姐妹亲情
并不代表连襟的感情
谁能说清灯光里罩子的白黑

干脆闭上眼睛
等太阳醒来时
享受一下沉睡的滋味

点亮目光

教室的白天像夜晚般压抑
一些无精打采的身影
把心情弄得支离破碎
迷茫的眼神
让再大的声音也显得苍白无力
阳光的五线谱弹奏在脸上
是一首动听的催眠曲
冗长的话语
撬不开瞌睡的眼皮

拿起粉笔替代语言
在黑板上留下摩擦的痕迹
反反复复
如在潮湿环境中擦火柴
终于看到有一根迸出火花
将黑暗刺透
目光开始燃烧
沉郁的教室突然苏醒
明亮目光中包含着掌声

教室的心跳那么猛烈
被粉笔点亮的眼神温暖动人
这一刻除了目光
从窗户照进的阳光不再生动
最美的语言已经走进眼中
绘声绘色　清新透明

撂跤石

散落在沟坡
一些奇形怪状的石子
铺垫了求学之路
砥砺前行

跟头，是求知者虔诚的叩拜
趔趄，是成长者无畏的摔打

崎岖的路途
布满叩问之障
艰难攀爬
无数祈祷寄托

能破解吗
脚板紧贴智慧的行程
是慢是快
是轻是重
是放松是专注
每一步都契合毅力与自信

邂逅石子
是人生顽强的歌咏

埝

地埝上的柿树
摇摆着平衡的影子
抹不去宿怨纠葛
经常面对
玉米或豆子的主人

能说明什么
埝一向很直
上面的狗尾草就是明证
风雨匆匆而来
倏忽而去

当玉米释放出信息
豆花正悄然绽放
不经意间
玉米长进了豆地
豆蔓缠上了玉米

不知是谁不解人意
根无理由地纠缠在一起
心无法拒绝
笑颜开始在柿树下相聚

轨迹

童年世界
不经意滚进铁环里
不清楚
为什么只有旋转才不会倒地
为什么宽阔撑不起静止的步履

起伏孕育出坎坷
如同一圈圈弹簧把脚垫起
看得见岁月的远去

回首身后
痛苦和欢乐总是殊途同归

直到世界开始变得拥挤
梦便在孤寂中老去

除此之外
身体依然在风雨中翻滚
无需推手
流淌的汗水便会发出哗哗铁响

坚持不是口号
当推杆靠近
跌倒和爬起仅一圈距离

彩虹铃声
才是如弦脚步发出的邀请

丢失的笔帽

笔帽走失是个意外
每次写字
笔帽总是戴在另一端
就像严谨的人
始终保持正确姿势

这次打开笔帽
情绪已经浸入笔端
不知笔帽走失
以为只在心里游走
随后便会归来
后来用尽所有文字
也填补不了失落

无足轻重的事
就这样被性格放大
成为无休止的牵挂
完美和完整
常令人遍体鳞伤

落叶有声

圆满能带来什么
只不过是更多的纠结
找回笔帽
是丢不下与生俱来的执着

两张书签

一

纸币
夹进书本里
买不到一段文字
也体现不了自身价值
和主人的目光一起
进进出出
与文化耳鬓厮磨
钱就变成了纸
从此回归自己

二

蝴蝶
在书中飞来飞去
每到一处
都把许多目光
恣意洒落

落叶有声

在花草繁茂的地方
总要待上很久
嗅遍了每株花蕊
芬芳便浸透了全身

翅膀扑打下花粉
于是满屋的空气
被闹出一片
动人的气息

一把扫帚唤醒城市的睡梦

清风剥离夜空
星月趁机悄然隐去
城市的睡梦被扫帚唤醒
在曙光升起前
马路已经开始深呼吸
和晨跑者一起
同步体验一天最早的风景

树叶之外有一些垃圾
比丢弃者更加无奈
文明的尺码
常常被一些人故意遮盖
哪怕一步之遥
也要让目光逡巡
心灵回避

选择如同黑色幕布
一旦被拉开
阳光就像一阵风
悄然钻进人的心里

落叶有声

一把扫帚
能够写出清晨的色彩
也许浓墨重彩
也许平淡无奇

拉出一个活套

绳头编织的图案
就像手指缠绕的心情
再多圈数
也只是为了
轻松拉出一个活套

关乎手脚力度
美如蝴蝶

在神经末梢
拽紧的是一种时间
枕在梦中
也能盛开成心形花瓣

消融的积雪
迷失的露珠
连同逝去的某个时日
如此执拗难缠

解开春风

冬天的郁积便会化去
喷薄的清泉
流淌的瀑布
释放出怎样动人的笑容

胡基

极其文雅的词
让方言一炒
显得莫名地生硬

浑身的泥土坯子
曾做过砖块的兄弟
在杵子的力道中
变得有模有样
模子箍出空闲和贫困

不必焙烧
汗和土搅在一起
脱去松散软弱
生出结实的阳光纹理
摆成一排家的根基

泥土中不但长出庄稼
也长出房子和家
一块块胡基
砌着春夏秋冬平常日子

这样的房子
住过踏实的回忆

萌动的想法

去年埋下的伏笔
在冰天雪地里
一转身
被阳光叫醒

花草树木
又如婴儿牙牙学语般
开始嘟噜小嘴

水里漂浮着洁白的云朵
蓝天的翅膀
已遮不住萌动的想法

春天于微风和煦中
从容换装
看着新鲜的面孔
在网络里时尚流行
淘气而可爱

落叶的距离

离开家的时候
一片叶子悄然飘落
似心的形状
正好契合难以置信的暗示
也许只是一种巧合

捡起掌心纹理一般的叶片
揣进口袋
和着身上的泥土气息
心被叶之犁耕种得很深

浓稠的风
积攒在岁月的缝隙中
轻轻一吹
就长出缠绵的季节
可还记得树原来的样子

叶子近或远
孤独了遗失的巢穴
不会再飞出翅膀

在家之外游荡
雨没有忘记
屋檐曾经滴出清脆
思绪在檐下漫延流淌

落叶有声

怀念一只猫

你戏耍线团的动作
就是长大捕捉老鼠的样子

只把白天当作夜晚
在人们工作时呼呼大睡
爪子挡住眼睛
呼噜声异常可爱

冬夜的梦很轻
叫声
是在叫主人打开房门
橘色身影飞奔而去

黎明
轻柔的叫门声中
是圆滚的肚子
和雪挂眉须的萌宠

夏夜
窗子是最好的通道

人慵懒地躺着
你知道如何进出

那次
你把老鼠捉来
放在脚下
明显是在表功
看我无动于衷
灵活的爪子开始戏弄
随心所欲
寻求老鼠的心理阴影
你故意将头扭向一边
轻敌得像个顽童
老鼠伺机逃脱
你绕着沙发追悔莫及
搬动沙发时
狠狠地批评你几句
你的悔过变成行动
瞬间重获战俘
动作敏捷得让人吃惊

朋友想借你去捉鼠
你四脚蹬出不情愿的表情
只得把你抱去
在关门的那一刻
里面传出可怜的叫声
第二天回来
仍旧一副委屈模样

暑天
你生出一窝小猫

看一眼就会被萌到
猫崽每天打斗游戏
你只是摇摇尾巴
舔舐洗澡
把小猫的粪便清理干净

朋友做客
狗跟在身后
屋门前
你猎豹一般扑出
背上的毛夵起
一股拼命架势
夹着尾巴逃跑的狗
样子很滑稽

那天
小猫还在吃奶
你却突然一跃而起
从窗口飞跳出去
把幼崽生生甩下
窗台上留下一串浊色液体

再也没有回来
村口水渠边
你躺成一具僵硬的躯体
一定是吃了药死的耗子
为了不让猫崽吃你有毒的奶
为了不让主人看你痛苦的样子
你匆匆离去
渠水或许能缓解肺腑的烧灼
临死前你是怎样的痛苦

我不会轻易动情
此时的眼泪
是为了曾经相处的记忆
把你埋在房后的深沟里
那是你最爱去的地方

心灵守望

父亲的镢头

你俯身贴近土地的姿势
像极了手中的镢头
你用身体垦出一家人的生活
无论丰歉
每个镢窝里
都种植过同样的汗水
手掌磨砺出光滑的镢把
撑起艰难前行的家

你的辛劳比镢头更坚韧
炎日积雪只是普通的道场
风雨泥土才蕴藏本色
猜不完一生牵挂
悟不透满身执着
镢头就是你延长的手臂

把天地翻过来
在光景里种植出一家人的希望
把日头刨下来
长出一个热火的家

镢把攥出坚硬的年轮
日子在手心长大
手掌纹路浓缩着儿子的学途
镢头开出一片光明

你走了
靠在墙角的镢头黯然神伤
抚摸坚强的镢把
犹如抚摸你有力的手
仿佛看到你的身躯
正在田地间挥汗如雨

那一刻
泪水浸湿了镢把上的汗渍
看到了吗
我已经成为你希望的镢头

高空的你

抬起头
目光从脚手架爬上
这样才够得着你
一种距离塑出的渺小
一种仰视而来的高大

对你来说
这就是生活的样子
从地面到高空
铺就一些物质和良知
你每天沿着叮嘱爬上
拽着牵挂走下

想把你与身下的高度
连为一体
却找不到落脚的词语
从日出到日落
一次次错失良机

只得将时间剖开

让你的身影像楼层一样
节节攀升
让高处的你
旗帜一样
迎风招展
砖块一样
筑成炫目风景

不敢相信
因为仰视而失去从容
只能够想象
在你俯视地面的时候
一切就像蚂蚁
在所谓的自由地带
爬来爬去

竭尽全力
仍无力面对你凌空的勇气
站在地面恐高
让天空为之发笑
所有自负
被你的胆魄和技艺
瞬间抛弃
仰视高空
早已是星光闪烁

空巢枝头

卵从挤破思想那天起
怎么也想不到
长了翅膀的身体
会把窝撑得支离破碎

背着希望和梦想
从巢穴起飞
天空变得如此广阔
遥远的地方永远充满诱惑

就像树木会分杈
翅膀迟早会剪断牵挂
就像剪断脐带
在另一方天地安家

树上再也听不到歌声
欢乐已经被鸟儿带走
留下空巢的眼睛
四处张望

一番空寂的心
散落成飘零的四季
雨雪纷纷
思念无语

城里的庄稼

离开家的时候
庄稼还在地里沉睡
你却成了城里的一料庄稼
在林立的高楼间生长

一个艳阳午后
玉米缨子突然走进思念
鸟的叫声从秸秆上滑落
清晰而逼真

城里季节不甚分明
每年一料收成
始终改变不了真实面容
你就是一种农闲作物
土地不急需的时候
队就排进城里
比板结更硬的水泥地
一样能让汗水抽穗发芽

你的根始终伸向远方

每掰动一根手指
就像细数着日子
两地牵挂
都在月圆梦中

老屋挡不住浸淫的风雨
母亲的背越来越弯
孩子的上学梦在路上飘摇
一料庄稼
怎能养活如此多指望
只有积攒足够的阳光风雨
庄稼才会慢慢成熟

11·11

一个形象的数字
被活用得淋漓尽致
这个属于男人的日子
赤条条　无牵无挂

就像两双筷子
一双握在手中
品尝着单一滋味
另一双等待认领主人

单纯男人的节日
被分割开
差一点
就过得有滋有味

不仅仅喂饱肚子

坚持不变的劳作
总能有所回馈
哪怕是广种薄收
身体把付出看得很重

堆积如山的粮食
在胃肠以外生发
安心享用书纸里的爱恨情仇

有时还需向朋友打个秋风
一副如饥似渴的真实

手机装满了快餐
每天等着用拇指进食
看不清究竟有几多营养

粮会发霉
晾晒
还不如索性变成一只虫子
悄悄钻进去
固执地啃食自己的迂腐

垂钓

此刻　心情像水面一样平静
眼睛被鱼线紧紧拴住
看不懂浮漂的意志
鱼儿用尾鳍扇动着诱惑

太煎熬了
心机之间的博弈
时间才是最好的评委
当影子侧过头来
胜负仍然过于风平浪静

看不见对手
只好跟自己较劲
提起沉默很久的鱼竿
把鱼钩甩得很远
心也就在更远的地方蛰伏
鱼的命运在浮漂上沉浮

无声的战争埋伏在饵中
一切只为套牢欲望

鱼线两端拴着不一样的眼睛
就像日月静静地旋转

姜太公的竿下
游来一群喋喋不休的争吵
似乎各有各的目的
各有各的想法
大大小小的鱼儿都快成精了

高脚杯与小酒盅

舞池里裙裾旋转　干红荡漾
舞者的形体
就像倒立的器皿
手指轻抚杯腰的样子十分扎眼

杯子姿势有些暧昧
红酒盖住了脸的颜色
姿态依旧透着傲慢
原本并不火辣
却贴着醺醺诱人的标签
如粉黛浓施的丽人做派妖艳

杯中装的只是形式
所有细枝末节都在作陪
内容也许不是最重要的
玻璃杯透明的长腿
可疑得让人生厌

看不惯貌似清高的做派
包括念念有词的说教

把陌生放在一边
让情调这一次失魂落魄

将性情盛进酒盅里
品咂土生土长的滋味
实在满盈热辣滚烫
这肚里的度数
不是装酷作秀的温度

沉默的塔吊

伸向远方的手臂
无力回转
一年　三年　五年

拥趸悄然被架空
残缺的雕塑
戴上巨大的十字架
天空不再轻松

时间溜成一叶瓦片
轻松打起水漂
水结成了冰

正在干涸的池塘

庆幸池中鱼
呼吸着水中的空气
村庄靠着树木
鸟在天上
鱼在水中
云天蛰伏成一片倒影
一起成了心中的梦

记得小时候
扁担水桶唱起生活的歌谣
蛙鸣带来夏夜
蝉在午后抒情

玉米的队形
整齐在池塘边上
等待季节一网打尽

口渴的时候
才发现池水悄然逝去
是什么封堵了我的嗓子

村子变得如此消瘦

那些有尾的家伙
挤进了宽阔的水域
剩下幼苗和蝌蚪
还在苦苦寻觅

沙尘被风卷起
呛到了呼吸
干涸的池塘正在远去

一把生锈的锁

一把生锈的锁
在门上沉睡
不再张口闭口
讲不完的故事

主人走了
连同相伴的钥匙
也变得陌生
风雨不再歌唱
阳光透出寒意
树木停止生长

寂寞已经把心封死
只能用锈蚀自虐
炊烟藏在锅底
一副黑黢黢的脸
回忆着飘荡的日子

听不见絮叨
燕子只好搬家

看不见云在天上飞
担心有一天
钥匙遗失了自己

落叶有声

衣服上镶满多色眼睛

精挑细选布料
为俊男靓女量身定制自信
让追逐跟潮流合拍
心便在风姿绰约里绽放

剪刀裁出一段热销
连同冬夏的话题
身姿体态就有了张扬的舞台
朦胧修饰出最好的作品
养眼养心养人

遮羞保暖已经陈旧
夸张性感才是美味佳肴
把 T 型台上的猫步
咀嚼成茶余饭后的谈资
眼睛和镜头不约而同地挑剔
眉笔描在形式的眼眶
内容有些不知所措
一切只为楚楚动人

马路上风很潮
像三月柳絮跟进张扬
吸引了不少顾盼的影子
岁月的表情
充满自负和满足
让另类汗颜失色

品味就是从身体获取营养
不多不少　不痛不痒
让人眼前一亮　心跳加快
不懂可以装懂
糊涂就默不作声

服装犹如理发
手艺高低长在别人眼中
纽扣将目光镶成胆量
一半自信一半勇敢

谁说看到就一定可靠
总有些会令人大跌眼镜
别指望天衣无缝
煞费苦心也只是兜了个底儿

落叶有声

手指把心弹得很远

一切仿佛都在情理中
目光被摁进掌心
就像种子埋进土壤
禾苗在蓬勃生长
平静的心
总能伴随铃声欢唱

只用几根手指
便盘活了一片天地
那些佳肴变得索然无味
亲情也被挤出画面

一个个魔方变幻多姿
就像一条船
当手指划动如桨时
你我就在真实和虚拟间摆渡

声音飞溅
景色迷人
灵魂浮在无边的海面

彷徨且充满诱惑

轻触时光
脉搏和心跳
正经历风吹浪打
所有指令程序
变得孤单渺小
身体离岸已越来越远

山在江湖　你在云端

——献给金庸先生

你的笔下
江湖并不遥远
被风磨砺的宝剑
只轻轻一挥
就卷落无数仗义之籽
跌落胸间
开花结果

剑气带落的霜叶
在华山顶上
铺成一个擂台
武林之士
正好借此论剑

电光石火间
你把拥挤的语言拆散
拼出一个"侠"字
出没在深不可测的江湖

猎猎西风
伴着梦旗飞扬

从此
陡峭的不只是山路
还有难以逾越的侠骨柔情
刀光剑影中
日月变得渺小
肝胆却坚硬无比
胸襟宽广

你从云雾包裹中
拔出倚天长剑
剑花在江湖中一绕
山就硬气了许多
脱去雾岚棉袍
山峰直挺挺壁立千仞

站在云端
你用含蓄的剑鞘作笔
把山指成剑的模样
于是
江湖中
华山就成为一种标志
人世间
就有了一个道场

国殇

一

没有什么比这更加突然
顷刻间
灭顶之灾
覆盖在汶川头上
巨大国殇
笼罩在亿万人心头

这一刻
国人为之祈祷
世界为之哀戚
这一刻
废墟下的骨肉
连接着亿万同胞的神经

历史将记下
公元 2008 年 5 月 12 日
祖国的一块肌体
正被无情的地震摧残

二

瓦砾堆砌出悲惨的场景
破碎的心
在残垣断壁间呻吟
人们无法接受
突如其来的灾难
那些熟悉的面孔
瞬间离去

三

此刻
巨大的痛苦
不仅属于汶川
而且与国紧密相连
每一个废墟下的呼吸
都牵挂着无数人的心

四

救援的脚步声
被急速的喘息淹没
灾难考验着人性
灾情检验着真情
相识和不相识的生命
此刻紧紧相依
就像心与心的搀扶
血与血的交融

五

感悟生命
离我们很近
每一双手都能成为支架
撑起生命的奇迹
每一份情都是感动
挽回生的希望

六

时间能感受顽强
一天　两天
三天　五天
微弱的声音
创造动人的奇迹

生命承载着无数重托
汗水　泪水　血水
是永不放弃的见证
在微弱的光亮中
寻找生命的伟大坚忍

七

把撬杠插进楼板
让生命得以喘息
这是和时间的赛跑
甚或生命和生命的传递

没有什么比此时的心

更加温暖贴近
没有什么比此时的手
更加坚强有力

历史将铭记这一切
家国情怀
生生不息

你的皱纹

白鹿原的沟沟坎坎
已埋进你的皱纹里
那些你习以为常的风雨
总在打磨四季
每一行足迹
都流淌动人的故事

你的皱纹
写着沧桑和睿智
犹如大脑沟回
藏着深深浅浅的秘史

你的皱纹里
是笔牵文辞犁出的沟壑
辛勤酝酿出的灵感
悄然爬上坡梁
滋养情感深处的沃土

白鹿在你的皱纹里
追逐灵气

家族开始演绎心机
一幅神秘的画卷
铺开跌宕起伏的原野
上演栩栩如生的大戏

种下过计划
酝酿过野心
燃烧过激情
流淌过血泪

过隙而去的白鹿
已钻入地下
陪伴昔日的主人
追忆人生的谜题

写生老人

在华阳山里
老人打开画夹
撑开马扎
一棵垂柳和一棵白杨
就站在两侧
绵延群山正扑面而来

老人的目光
从微风荡漾的枝间掠过
在大山的褶皱里巡游
抚摸着那些坚硬的岩石
轻飘的云朵
还有温柔的流水
一切都被悄悄装进眼眶

握笔的手把线条
从群山的缝隙里拽出
不动声色地勾勒在宣纸上
纸上便长出一片山峦
流水浮云相伴

树枝伸展
鸟雀在宁静的纸面上喧闹

老人微笑着撂下群山
只把精彩的部分带走

往后的日子
老人家里
就多了一片青山绿水
茶余饭后
望着云卷云舒
听清泉淙淙
青翠枝叶开始变得茂盛

心中的莲花

你是我心中高洁的莲花
只一朵就翘楚四方　花开山崖
天风地气催生花香四溢
一条通幽石阶缠绕万千风光
汗水和勇气浇开石莲花瓣
奇险连通古今
气韵从此生生不息

这奇异的莲花逶迤在秦岭
绽放在滔滔渭水畔
开成　抹朝阳
开成一片云海
开成一种膜拜

有五指莲峰牵挂
花从此常开不败
天地有约
心中那份期待便适时而来
如新人沐浴日月星辰
在云蒸霞蔚间窃窃私语

人如蜂蝶
徜徉在这川流不息的世界
千百年不变地接纳
让花的高洁和山的雄浑相聚
成为亘古敬仰的朝拜

一朵最美的莲花
早已在心中绽放
成为生命里的一种从容
一种坚忍
一种温馨
那是天人合一的境界

雾霾

两种不同的面孔纠缠在一起
天昏地暗　黑白分明

时间见证成长
雾占据了一块童年的天空
冬天上学的路
除了脚印
只有声音能找回
遗失的伙伴

眉毛上的晶莹
是雾在顾盼
清晨锁不住早起的梦
咫尺朦胧
隐匿一段美好风景

天幕垂落时
已是成年的舞台
太阳在烟尘中打盹
呼吸躲进口罩

连同无以诉说的语言

烟囱漫不经心地絮叨
汽笛有气无力地嘶喊
一块块黑布
裹住了太阳的眼睛
跌跌撞撞的世界
变得险象环生

车辆飞奔而去
庄稼脚步迟滞
房子锁住雾的迷茫
外面已无路可寻

被影子吓哭的小女孩

手机视频里
小女孩看着脚下
想摆脱随形的影子
躲避　哭叫
惊慌失措
然后瘫倒在地

影子背后隐约传来笑声
原来阳光下是别有用心的阴谋
心被这哭和笑硌得很痛

为什么看捉弄是一种开心
为什么听哭泣是一种享受
心就像影子躲闪不开
幼稚被当作玩偶
单纯会被肆意捉弄

这一刻
笑声在阳光下变味
光明染上墨汁

罩在无助者身上
小草发出撕心裂肺的控诉
哭声是对笑声的审判
宁愿不要这个太阳
也不能篡改真实的影子

攥紧双手
把笑声撕破
抚慰那无助的心灵
捏碎无聊的闹剧
让天空变得澄澈透明

泪水浸泡的笑声如此残酷
也许眼泪能洗涤污秽
只有把这笑声粉碎
才能让一颗透明的心
在晴朗的世界里成长

河堤上的蚂蚁

渭河上游
一些云层把汛情传递过来
人员车辆已做好准备
风把红旗卷成一种象征
远处的镜子
是先期抵达的洪峰
铺排开来
残酷地浸淫庄稼
装出一副温柔的浇灌模样
在大堤脚下
寻找着空洞蚁穴

稳固的河堤上
蚂蚁跑来跑去
欲洗清背负千年的骂名
不想留下任何伺机可乘的借口
它们忙着积攒食物
不愿让聒噪的话语撞击耳膜

谁都清楚

当人无力抵抗洪水猛兽的时候
捏死一只小小的蚂蚁
就成了最好的借口

其实有许多比蚁穴更大的漏洞
或许藏得很深
或许更加危险
很少有人去冒险封堵
有人愿让西瓜漂走
也不放过一粒芝麻

剪草机在剪除河堤上的杂草
突突声
没有影响蚂蚁的脚步
它们嘴里衔着食物
在阳光下行走

都说蚂蚁能提前感知汛情
它们的窝并不在堤面上
这种方式难道只是一种提醒
洪峰可能已经过去
使命即将完成

落叶有声

坎

路上的坑
被人用石头填上
悲剧和笑话就压在里面
只冒出一个尖
硌疼了路人的目光

文字在发笑
书里的坑也不少
有人填进思想
有人绕道而行
有人把自己装进去
变成一种意向
有人期待别人的提携
话语轻松　身体却很沉重

有些事常垫在心里
比绊倒更可怕
那些过不去的坎
写成语言就是另一番景象

演员和观众

戏里有糊涂的演员
戏外有清醒的观众
戏味是演员亮起的嗓子
和抖动的水袖
戏虫是不知冷热饥渴
执着固守的眼睛

有人在乎登台表演
勾眉施粉描红
款款戏装
精美台步
把舞台走成人生

有人喜欢随意哼唱
不在乎声腔情韵
演自己的心情
跑自己的龙套
寻自己的开心
美滋滋乐在其中

有人喜欢在地下舞台
装神弄鬼
看不清真实面目
听不懂隐晦台词
静悄悄神出鬼没
阴森森杀气腾腾

戏如人生
无论台前幕后
真戏假唱
假戏真做
都蒙不住内行观众
一段唱念做打
一次举手投足
功力如何
观众自会心知肚明

一对寒鸦栖息在女贞树上

寒鸦叫不醒阳光
也叫不化积雪
在没有更多欲望的日子
只有用喙敲碎饥饿

繁密的女贞子就像丸药
挂在寒冷的枝头
一串串紫色葡萄样的诱惑
但绝不是甘甜滋味
除了检验鸟的消化功能
还能医治不切实际的幻想

面对严寒季节的相守
声音如同果实一样饱满
在温饱面前
所有妄想只会变得麻木
依偎在冬季枝头时
叶子一定如羽翼般温暖

饱食女贞子的寒鸦身体可能不适

落叶有声

因为地面变得一塌糊涂
能在这个季节扇动翅膀已经不易
栖息在女贞树上
原本就是一种日子

再听旁边屋内的吵闹
琐碎得如同掉落的鸟粪

酩酊的样子

一瓶烈酒
撬开沉默的嘴
膨胀的神经在突突作响
痛快地咽下豪情壮志
从胃里冒出火焰
烤炙成豪言壮语
嘴是最嚣张的喷枪
不知烧自己还是烧别人

血液在身上燃烧
每一朵火苗
都在欢乐地舞蹈

充满液体的气球
随时都会升腾
随时都可能引爆
引信就是断续的话语密码
不敢想象随时将发生
失控无需理由

酒精正将平衡打破
爆缸的状态除了声音就是沉默
什么时候灵魂悄然离开
在天地之间飘浮
此时需要一面镜子恢复形象

火焰耗尽时
那绵软的一团
正在被人们抽丝剥茧
穿满话题的扦子
在阳光下伸来伸去
编织出昏醉无知的笑料

旋转地球

童年时看西瓜
长成一个地球模样
从此以为绿皮红瓤里
才是稳妥安所

长大后看地球
竟有些西瓜的样子
每天都有钢刀和钻头
甚至枪炮火药
企图削切占有
比西瓜更具诱惑力的美味

人在地球表面就不安稳
除了摇晃还有贪欲
再均匀的空气
也掩盖不了膨胀的心
挑衅无处不在
旋转总有甩不掉的羁绊
物质和精神的争吵
往往胜负难料

落叶有声

担心一不留神
会被惯性甩到太空
无边无际中找不到归宿
心在天摇地动

搞不清立身何处
想找到一条地缝钻进去
在平平静静的地方
像种子一样安顿疲惫

狗尾草

就像鸡冠花一样
人们赋予你与动物关联的名称
四面摇摆的风
区分不开缄口不语的
相似律动

挨挨挤挤在田地里
就像豢养的狗
摇着尾巴讨好主人
没有一点察言观色的眼神
像稗子一般不讨人喜欢
连根拔起时
是一把风的怜惜

那些黏人的东西
抱住裤脚的姿势可怜巴巴
甩不掉依恋纠结
都曾有一段爱恨交织

虽然被称作狗尾

却不敢像狗一样占据领地
一望无际的田野
装不下你陪太子读书的野心
不会夹着尾巴做草
露头是你的悲哀
错误在向上的势头
而不是蓬勃的心
博大的土地
有时也难以摆平偏执

锄头镰刀会发出驱逐令
生命覆盖着生命
日月在云朵中穿行
地头上生出一片挞伐声
苦苦挣扎成千百年的样子

地怀慈悲
风雨不弃
角落里摇摆着嗷嗷的犬吠

人生的鞭子

身体缠绕在鞭梢上
似旋转不息的陀螺
每当举棋不定时
便握紧鞭子
挥舞在天地间
每一次鞭笞扶正
都让回忆潸然泪下

观望人生
放松就会摇摆
鞭梢支撑起不倒的精神
攥出一股力
当惰性迫近时
用鞭梢之风振作自己

每一次脱胎换骨的舞动
都是震颤心灵的救赎
语言越简练
行动就越持久

抽打着日月
长出一圈新的年轮
一次次声响
记录着成长的风雨
带着信念上路
用清脆的鞭花
编织出生命的绚丽风景

附录

对世界的感知与对时代的倾情抒写

王 琪

　　翻阅冯旭荣老兄这部即将出版的诗集《落叶有声》终稿时，冬日的阳光正暖暖地从建国三巷的窗口落向我的桌前，我的心头不禁涌上些许温暖与感慨。在如此纷繁复杂的时代背景下，他不图名利默默写作，依然恪守年轻时的梦想，在散文创作的同时，又写出不少质量较高的诗歌作品。从我对他的了解中不难发现，他持之以恒地坚持多年去追寻心中所爱，如同他在生活的冗杂与间隙中以诗歌打开自己，进而找到适合自己与万事万物对话的方式。从他收入这部诗集的上百首诗歌来看，他观察细腻，体悟真情，情感或饱满奔放，或逍遥散淡，文字常给人以平实、朴素、醇厚之感，这种诗情的流露，我以为正是他诗心轨迹的集结。

　　一部诗集，从最初的写作到最后结集出版，其间是一个漫长而艰辛的过程，这种思想与生活以至生命的相互触碰、结合、绽放，是艺术性地不断创造与加工的过程，更是作者心血的凝聚。很多时候，当我们常疑惑于"为何写作""写作何为""为谁而写"等问题而不得不面对诗歌带来的焦虑、惘然，却又无法舍弃手中的笔时，我们宁愿与诗歌保持一定距离。但作为一个真正执着于写作的人来说，我们可以是诗歌的旁观者，可我们不是生活的旁观者，换句话说，你可以不喜欢诗歌，你却无法不热爱生活、不热爱生命。那么一个人选择了诗歌，就意味着思索、担负、忧伤、疼痛……意味着要比别人更多地体味到生命本质的东西。通过我与旭荣老兄的多次交谈以及阅读他的作品，我发现我们身上有很多具有共性的地方。从精神向度层面上来讲，我认为，这位老兄身上带着明显的诗人气质，是一个带着诗歌理想与人生信念苦苦思索与探寻的人。

　　人至中年，心境渐渐明朗起来，可面对泥沙俱下、五味杂陈的生活，我们一直在渴望什么？或许是那缥缥缈缈的乡风乡韵、人间亲情，是回忆来路时久久未散的青春年少时的面容与影子，是原野尽头升起的明亮的星月与深情的晨曦，还是村庄一代代人的生老病死、悲欢离合，或者是纵情山水间的闲情逸致……在我眼里，旭荣兄无论书写哪类题材，都像天然的、发自内心的吟唱。他深知，故乡养育了他生命，他以诗歌回赠故乡；大山大河滋润了他心灵，他用文字记录生活变迁。他以粘着泥土的双脚、一双深邃的眼睛，以手中看似笨拙的笔，用心、用情、用力地抒写着他眼中的每一个或大或小的事物。虽然有些诗歌未必成熟，但一定是用真诚在构筑，用心灵在抒写。在他眼里，世间一切仿佛皆可入诗。如果没有深刻的体悟，没有独特的审美意识和揭开事物秘密的本领，是发现不了那些鲜活的创作元素的；在包罗万象的生活中，也是无法搜集到大量的创作信息的。所以，他是在特定的生活环境与地域中，积聚了一定的生活经验来进行创作的，而不是天马行空式，也不是迷失自我式的写作。虽然这种地域性写作方式可能会带来一定的局限性，但并不意味着他胸怀狭窄、视野不够。相反，在他写到的土坯房、布鞋、野菊花、镢头、狗尾草等，乃至写山水、写亲情等题材时，无不散发出本真、纯朴、善良的味道。关中平原东部，是旭荣老兄的故乡，也是我的故乡，那里的人文地理区位优势与厚重的历史积淀都是他诗歌创作的基石。如果沿渭河东行至三河口地区，或从西岳之巅俯瞰华阴，山河故土的雄浑与美丽自不必说。我想，出生于此成长于此的旭荣兄正是带着对故乡的一份情与爱，带着精神上的诉求与享受，根植传统文化，执着于自己的诗歌写作的。

　　当下的诗坛乱象丛生，充斥着大量伪诗歌、伪诗人，能够以文本令人折服而又品行优秀的并不多见。而互联网新媒体语境下的汉诗写作又在随时代发生相应的变化，事实上，有效写作、有难度的写作正在考验着每一位诗歌写作者。正因如此，久居小城的旭荣兄在公务之余，把更多的时间用来行走、思考，远离热闹纷繁的各种圈子，而以低调、务实的姿态笔耕纸端，辛勤劳作。他对于世事之沉浮、人情之冷暖，也许从一开始爱上诗歌的那一天起，就能坦然接受、冷静面对。因而，他的精神修为与对更高层次境界的追求，通过诗歌的方式更易于抒发出来、表现出来。我常在想，诗人是什么？诗人能让你触摸到这个世界上诗性的东西、个性的存在。诗人的一生，也许就是一条溪流、一株艾蒿，是一缕漫过河滩的青烟或夕照。诗人也许什么都不是，就是活生生的作为个体存在而又依附于大地、粮食、天空与永恒时光的人。

虽然这部诗集中可能还有不足之处，还有待诗人在今后的写作中进一步完善与提高，比如他的诗歌意象还可以再丰富，向纵深挖掘一下，语言上还可以再精雕细琢一下，在谋篇布局上尽可能地再讲究一点技巧等，但我们对一位诗人、对一部作品的问世总是要满怀期待、寄予希望的。

由于自己水平有限，我没有就他的作品作详细的分析和解读，但总体来看，《落叶有声》已成为旭荣兄诗歌写作过程中一个记忆性和总结性的标识。在此，我向他新作的出版表示祝贺！也祝愿与诗结缘的同乡老兄，能有更多的优秀诗作问世！

2019年12月18日于西安建国路

（王琪，20世纪70年代出生，现任陕西省青年文学协会驻会副主席、《延河》下半月刊常务副主编。曾出席中国作家协会第九次全国代表大会、第27届青春诗会、第12届全国散文诗笔会，入选陕西"百优人才"，出版诗集《远去的罗敷河》《落在低处》《秦地之东》等。）

诗性的发掘和传达的精致
——冯旭荣诗集《落叶有声》简评

官 华

与诗人冯旭荣是在第二届"渭南诗会"上认识的，因为彼此欣赏，就有了多年的交往。有关个人的，有关诗歌的，有关工作上的，见面多了，谈论多了，竟成为挚友。冯旭荣为人低调、率真。我在一篇简评中说过，冯旭荣的诗歌抒情与意象丰盈，以叙事的话语，在简约平静间走向书写的深度。其诗歌呈现出来的生命意识与个体经验一样厚实。尤其是他隐显适度的情感流露，字句有力而富于质感，这样的诗歌有着诗性的感动与精致的传达，更具亲和力，闪动着唯美的情怀。今借诗集《落叶有声》出版之际，对其诗歌作一简要的评析，以窥其诗歌内在的脉络。

《落叶有声》收录了冯旭荣近年来的百余首诗歌，分为"乡风地韵""寄情山水""岁月留痕""心灵守望"四辑，可谓是其诗歌的一次整体检阅。生活在华山脚下，长期的乡村生活形成了冯旭荣诗歌抒情的基调。行走在故乡的土地上，那些惯常的物事，在他的笔下披上了思想的外衣，灵动疏阔、化俗为雅。正因为所见者真、所知者深，他的诗歌与前期比较，在语感、语境上，在文本的架构上，更趋于成熟，沉郁向上，令人耳目一新。

冯旭荣笔触所勾勒的，正是自己生活中所经历的，我们能看到一个个生动的主体以及主体所散发出的坦诚的或者盎然的精神风貌。把冯旭荣的诗歌粗略地概括，可以分为乡土歌吟、寄情山水和生活感悟几个部分。其乡土诗歌与华山脚下的故乡的命运、乡民的命运、乡村的物事相牵连，直面土地，直面故乡，写风物，抒命运，咏文化，将生存的幸福与隐痛写得独特而深刻。当然，作为诗人的冯旭荣对自然景观人文景观兴致浓郁，仰赖着随兴而愉悦的身心状态体味生命的存在感。这些山水诗歌，不单单是情感的寄托与抒发，还夹杂着诗人独到的思索。冯旭荣的诗中，有很多散发着独到体悟性的文字，或岁月漫吟，或心灵彻悟，或思想碰撞，或灵魂独白。但自始至终，这些流淌着或者充盈着饱满的人生激情的诗歌，都是其人生理想或者信仰的见证。

语言的独特与个性化是冯旭荣诗歌的一大亮色。这样的诗歌，没有从表象上来描述，而是从思想深处挖掘对生活的期待或者人生深层次的思索和认知，通过诗歌层次的跳跃和个性化的语境，让人在无限的遐思中看到诗意的光芒，引领着我们抵达美好的境地。也许，这就是冯旭荣，一个骨子里有诗的因子存在的诗人。

我比较喜欢这些乡风气息浓郁的诗歌，这些有着根性表达的诗歌，很容易让人产生情感上的共鸣，是一种有温度的写作。《手拉犁的女人》道出了生活的"沉重"："一个女人／身体向后用力／犁铧扎进土地／埋下深深的汗滴……"诗意的营构间，触动心弦的是那个拉犁的"女人"，她独自操持着农活，与在工地上流汗的男人一样，用双手刨生活。具象化的书写，隐隐作痛的表达，引申着希冀的光芒，穿越"坚硬的时令"。诗人是敏感的，诗中显现着柔软的心灵之真，折射着敏识与粗粝的痛感的交织，在诗意的萦回间，悲悯的情怀显露无遗。"用一把小铲／漫山遍野去读你的名字／马齿苋　婆婆丁　蒲公英　荠荠菜……"这些平凡的野菜在诗人眼中灵动起来，牵出诗人对苦焦生活和童年的回忆，与时下"油肠肥肚"腻烦之后—欲尝鲜形成鲜明对比，意蕴自显。一首《野菜的味道》，是记忆的复活，是生活的回味，是诗人情感的依托。同时，慨叹时下，环境变了，心态变了，口味也变了，"即使再多的作料"，也品不出记忆中的味道。这种超验的表达，语言落差大，带来不一样的体验，直逼事物的内核，反思意味浓厚。而《秋千》一诗，诗人借助荡秋千这一民间喜闻乐见的活动，展开诗意的联想，情景交融，浮想翩翩。"在高处拥抱白云／低处邂逅本真""心在守望　身在飞翔"凸显着诗意的解构和思索。

其实，这样的诗歌还有许多。通过阅读冯旭荣的诗歌，我能感受到诗人长期写作诗歌所形成的深厚的文字驾驭能力和丰厚的学养积淀，能感受到其写作的多样性和丰富的经验，也能感受到其主导诗歌要素的沉稳之力，不拘泥于轻歌曼吟式的格调，文本浑灏圆整。可以说，冯旭荣的诗歌，自成一格，是一种智性的写作。

冯旭荣的诗歌在简净的字词和朴素的意象选取中，浸润着诗人的悲悯与温情，体现出生命的诗性的表达与营构。这些诗歌打破了记忆与现实的界限，无论是对普通场景或人的书写，对生活影像的攫取，还是对自然的精致描摹，都彰显出诗人灵动的诗思与恬静的感悟。其诗集《落叶有声》所传达的远不止这些，一切都值得品味，值得期待。

诗路漫长，祝福旭荣兄。

2019 年 12 月 22 日于赵渡古镇

（官华，陕西大荔人。陕西省作家协会会员，渭南市文艺评论家协会理事，大荔县作家协会副主席，县诗词协会副主席。在《中国诗人》《诗选刊》《中国文学》《青海湖》《延河》《陕西文学》《华星诗谈》《关东诗人》《岁月》《几江诗刊》《作家周刊》《中国汉诗》等发表诗歌及评论四百余首（篇），出版诗集《春天错过花开》《一个人的渭河》等。）

后　记

　　整理完这本诗稿的时候，暑热正在城市蔓延，空调将房内的热气驱之门外，但另一股热浪却乘虚而入，把心绪搅得不宁，是激动？是感慨？或是其他无以名状的缘由？

　　上本诗集出版至今已十五个年头，生命于发际留下了清晰的年轮，不再有年少时的心浮气躁，时光在添加岁月的同时也沉淀了一些稳重。只是诗心未泯，一路走来，仍然用手中的笔记录着生活的点滴，涂抹心中的缺失，勾画内心的梦想。

　　人生总在不经意间发生着改变，当年诗集《风之草》的面世，算是对四十岁人生的一个小结，也为当时在教育组的工作画上了句号。此前，经历了从初中教师到乡镇干部、再到乡镇教研员的工作变更。人生因为年轻而反复摇摆，虽历尽坎坷，却始终没有停靠在稳固的海岸，那本诗集的整理出版，总算是对那段难忘岁月的一个交代。之后，因特殊原因又回到母校，命运如同一片树叶，经过了风的洗礼、雨的冲刷，又回到原处。人生如同诗一样，远看都是风景，近瞧却不乏苦涩忧愁，回头时，只剩下一声叹息和一些朦胧诗意。

　　作为一名化学教师，最浪漫的事，就是把准备好的实验用品装进提篮，在学生前呼后拥中走向教室，这时，心中会泛起明星般的感觉。课堂上演示着神奇的化学反应，学生喜悦的眼神是对老师辛勤付出最好的回报，那种从自然到心灵的濡染，能让人产生许多遐想和灵感。

夜晚，书桌上的台灯发出柔和的光，这是一天最幽静的时刻，心就在这片宁静的港湾里畅游，偶尔抬头遥望窗外夜空，有无数星光在闪烁，不知道哪一颗能看到窗前的自己。此时，月亮正在远处的山顶上徘徊。

又过了几年，自己又一次成了一片叶子，飘落进城里，先是到市总工会从事文案工作，然后到教育局修教育志，再被抽调到市委巡察组。飘来飘去，不知不觉间，竟丰盈了一段人生的经历。每当茶余饭后，或夜深人静时，便在纸笺上、手机上、电脑上留下几行岁月的痕迹和生活的写意。

常常觉得自己像极了陶瓷艺人，每每将几块泥料拍打揉搓，捏成心中的形制，虽然粗糙，不成样子，但心里却放下了许多。有了毛坯，就有了雕琢的可能，于是，抽空便打磨几圈、雕刻几刀，再施点釉、上点色，放进炉膛烧制，火候到了，取出来，感觉竟有几分光彩照人。火候不到或器形不美的，就索性毁掉，否则看着不爽，并且怕坏了名声。

如此小心翼翼，便琢磨出了一些像陶瓷一样的诗句，心中觉得充盈了许多，其间的苦乐酸甜又有几人知晓？幸运的是，一些小诗在报刊发表甚至获奖，得到了同道的认可，犹如出炉的陶瓷寻到了买主，哪怕只得到行家的几句品评，心中也感到受用不少。

回视当下，文学就如同百货市场，尤以诗歌产品最为热闹，各种诗歌生产作坊琳琅满目，风格流派千差万别，令人眼花缭乱。感觉如同走进西安书院门，各种古玩字画、文房用品应有尽有，店铺鳞次栉比，买家却寥寥无几。不必担心，任何商铺都有它生存的理由，哪怕品质欠佳，也会有人光临。人常说："买家没有卖家精。"有几人能识别出商品优劣？往往是喜欢就成交，哪管是否打眼，更别说还有一帮朋友在旁边撺掇怂恿，不信都不行！人常说："生意不成仁义在。"谁会当面驳人家面子？诗歌不也如此？

真佩服古代诗人的真诚，对一首诗或一句诗的评价客观公允，好就好，不好就不好，从不藏着掖着，因而留下许多千古佳作。而今却有些人心不古，朋友之间互相吹捧，有的哗众取宠，似乎唯有晦涩难懂才入法眼，越朦胧越新潮，越抽象越主流，哪怕诗意浅薄、云遮雾罩也被誉为上乘之作。而那些清新明快的诗作常被嗤之以鼻。甚至有人认为，老百姓看不懂没关系，诗是写给小众的，不是写给大众的，并且谓之"阳春白雪"。有时连诗人对诗人的诗作也感到困惑难懂，看来诗越来越走进"形而上"的胡同，沉溺于孤芳自赏、自我陶醉，越来越看不到诗歌根部沾着的泥土，难怪许多人越来越远离诗歌。

觉得自己越来越不会写诗了，索性把诗当花一样培养，默默地把它种在地上，栽进盆中，浇水施肥，通风换气，竟然发了几枝芽、开了几朵花，不矫揉造作，不故弄玄虚，白天伴着阳光盛开，夜晚枕着星月入眠。或许算不得精彩，但心中却充满诗情画意，并为之陶醉，这就很知足了。

看着朋友们纷纷亮出鲜艳的盆栽，心里多少有些痒痒。趁着风平浪静的日子，也摆出几盆，哪怕不甚好看，但却是自己亲手培植、用心浇灌的，也就倍加珍爱。这些微小的芬芳，或来自对故土的深情眷恋，或源自山川河流的热诚滋养，或发酵于漫长时光的日月窖藏，或盛开于内心的缕缕渴望。每一朵花虽小，却凝聚着心血汗水，铺排开来，也算是人生路途的一些剪辑缩影。今生有此为伴，旅途不再孤单乏味。

做完这件事情，自然少不了抱起拳，发几句肺腑之言，虽不敢妄称感言（感言是对获得巨大成就的人而言），但对我们这些文学苦行僧，结集出书也算是人生的一大喜事，总有一些文学旅人途中的感慨和激动，说几句感激的话也在情理之中。首先，对渭南市作家协会主席李康美先生不嫌拙诗文辞粗粝，屈驾为小书作序，心中感激不已，这里谨表谢忱！对王琪、官华二位挚友老弟在百忙中抽时间为拙作写评，不胜感激！其次，对一路上帮扶、陪伴过自己的家人、朋友，这里要鞠上一躬，没有你们的支持和鞭策，我的文学之路会走得更加艰辛，也就不会有如今的坚守和进步，相信薄薄的书页里一定珍藏着我们厚厚的情谊。

世间有许多梦，如同爱恨交织的文字，总是不离不弃。今生注定有一些梦，可能离岸很近，却上不了岸，只能在海浪中漂浮摇曳，或许只有远方才是它的归宿。

2020 年 1 月于静心居